Les moutons de PANURGE

W0409070

Premières lectures

Je commence à lire tout seul.
Une vraie intrigue, en peu de mots, pour accompagner les balbutiements en lecture.

Je lis tout seul.
Une intrigue découpée en chapitres pour pouvoir faire des pauses dans un texte plus long.

Je suis fier de lire.
De vrais petits romans, nourris de vocabulaire et de structures langagières plus élaborées.

Jeanine & Jean Guion ont écrit plus d'une centaine d'histoires pour la jeunesse, dont les aventures du célèbre Ratus, de ses amis et de sa cousine Ralette. Spécialistes de la langue française, ces auteurs ont aussi écrit des méthodes de lecture et d'orthographe très appréciées des parents et des enseignants.

Cet ouvrage a été précédemment publié dans la collection «Ratus poche» sous la direction de Jeanine et Jean Guion.
Responsable éditoriale :
Anne-Sophie Dreyfus
Direction artistique, création graphique et réalisation : Cédric Ramadier
Photo : chevalier © Badahos/Fotolia

ISBN : 978-2-401-02795-4
ISSN : 2100-2843

Loi n° 49956 du 16 juillet 1949 sur les publications destinées à la jeunesse.
Achevé d'imprimer par Clerc - Saint-Amand-Montrond - France
Dépôt légal : 02795 4 / 01 - août 2017

Contes et Héros

Les moutons de PANURGE

un récit de Jeanine & Jean Guion
illustré par Buster Bone
d'après Rabelais

Hatier jeunesse

Pantagruel
le géant
Panurge

Dindenault
le marchand
Le patron
du navire

1

Un marchand méchant

En ce temps-là, le géant Pantagruel, Panurge et leurs amis faisaient le tour du monde sur les mers.
Un jour, leur bateau croisa un navire chargé de moutons.
Le troupeau appartenait* à un marchand nommé Dindenault.
Les passagers des deux bateaux fêtèrent leur rencontre.

Dindenault se moque de Panurge.
Que dit-il?

Panurge monta sur un tonneau
et cria en levant son gobelet* :
– Vive les marins ! Vive les moutons !
Dindenault dit à ses compagnons :
– Regardez le fou qui est perché
sur un tonneau ! Cet idiot ressemble
à une fille avec ses vêtements !
Panurge l'entendit.
– Eh, l'homme aux moutons ! cria-t-il
en colère. Tu ne pourrais pas entrer
dans mes vêtements avec
ton gros ventre et ton gros derrière !
Furieux, Dindenault sortit son épée
et se jeta sur Panurge.

Que font Panurge et Dindenault dans l'histoire ?

Panurge eut si peur qu'il appela Pantagruel à l'aide. Le géant voulut jeter Dindenault à la mer, mais le patron* du navire réussit à le calmer.
On discuta et on décida qu'il ne fallait pas se battre. Il valait mieux boire à la santé des uns et des autres.
On obligea* donc Dindenault et Panurge à se serrer la main.
Mais Panurge était rancunier*.
Il dit à ses amis :
– J'ai une idée ! Regardez ce qui va se passer…

Qu'est-ce que Panurge veut acheter ?

2

Une drôle d'idée

Panurge dit à Dindenault :

– Pour vous prouver* mon amitié,
je vais vous acheter un mouton.

– Holà! fit le marchand. Pas si vite!
Vous n'avez pas une tête
d'acheteur de mouton.

Panurge fit semblant d'être désolé* :

– Je regrette que ma tête
ne vous plaise pas, dit-il.

– Mes moutons ne sont pas
des moutons ordinaires*,
dit Dindenault.

Selon Dindenault, que fabrique-t-on avec les boyaux de ses moutons ?

Et le marchand continua :
– Leur laine est faite pour les rois.
Pas pour tricoter vos caleçons* !
– S'il vous plaît, dit Panurge,
vendez-moi un mouton.
Dindenault poursuivit* :
– Avec leur peau, on fait des bottes
pour les princes et les chevaliers* !
Si vous n'étiez pas ignorant*,
vous sauriez qu'on fabrique
les cordes des meilleurs violons
avec leurs boyaux* !
– Je vous crois, dit Panurge,
vendez-moi un mouton.

Comment Panurge veut-il payer le mouton ?

Dindenault fit comme s'il n'avait pas entendu, et s'écria :

– Regardez! La viande de ces bêtes est une viande pour les princesses. Elle n'est pas pour des fous comme vous!

Panurge répéta en retenant sa colère :

– Vendez-moi un mouton. Je peux le payer avec des pièces d'or.

Une lueur* brilla aussitôt dans les yeux de Dindenault qui continua :

– Écoutez mes moutons : bêê... bêê... Je suis sûr que vous ne savez pas bêler si bellement!

D'après Dindenault, qui utilise les crottes de ses moutons ?

– Vendez-moi un mouton!
dit une nouvelle fois Panurge.
D'un geste large, Dindenault
montra son troupeau :
– Ce sont des moutons si parfaits
que même leurs crottes valent
une fortune! Les médecins
les utilisent pour guérir
toutes les maladies. Vous devriez
en prendre pour soigner les boutons
que vous avez sur le nez!
– Il continue à se moquer de moi,
chuchota* Panurge à ses amis.
Mais patience! Vous allez voir...

Quelle méchanceté Dindenault dit-il à Panurge ?

Le marchand parlait fort
pour que tout le monde l'entende.
– Prenez les cornes de mes moutons.
Écrasez-les en poudre, mettez-les
dans la terre, arrosez bien
et vous verrez pousser
les meilleures asperges* du monde!
Puis, se tournant vers Panurge :
– Essayez d'en faire autant
avec vos cornes, mon ami!
Ah, ah! Il ne poussera rien!
Et tout le monde rit.

Quel mouton Panurge va-t-il choisir ?

3

La vengeance

Le patron du navire s'approcha :

– C'est assez discuté, dit-il à Dindenault.
Vends-lui un mouton si tu veux.
Si tu ne veux pas, dis-le!

– Bon, je veux bien lui en vendre un, dit le marchand. Pour dix pièces d'or, il peut choisir celui qu'il veut.

– Pour ce prix, dit Panurge, j'en aurais cinq ou six dans mon pays!

Mais il donna les dix pièces d'or et choisit le plus beau, le plus gros et le plus fort de tous les moutons.

Que se passe-t-il dans l'histoire ?

Aussitôt, Panurge prit le mouton
dans ses bras et le jeta à la mer!
– Ils sont si bêtes qu'ils vont tous
le suivre! dit-il à ses amis.
Et c'est ce qui se passa. Sans réfléchir,
les moutons se jetèrent dans les vagues,
les uns derrière les autres. Bêêê, bêêê...
Ce fut une belle bousculade*!
C'était à qui sauterait le plus vite.
En un instant, il ne resta plus
aucun* mouton sur le navire!
Dindenault avait voulu les retenir
et il était aussi tombé à l'eau. Plouf!

Où sont les moutons
que Pantagruel a sauvés ?

– Me voilà vengé ! dit Panurge.
Ce voleur de Dindenault m'a insulté*.
Il méritait une leçon !

Mais Pantagruel était un bon géant.
Il aida les moutons à nager jusqu'à
une île très verte et il les sauva tous.

– Bêêê... bêêê... firent les moutons
pour le remercier.

– Vous chantez bien ! dit Pantagruel.

Depuis, les moutons de cette île
chantent tout le temps, bêêê, bêêê,
et ils apprennent à leurs petits
qu'on ne doit jamais suivre
son voisin sans réfléchir.

mon mini dico

le troupeau **appartenait** (p. 7) :
Les moutons étaient au marchand.

des **asperges** (p. 21) :
Légume qui ressemble à une tige blanche, avec une pointe verte ou violette.

aucun mouton (p. 25) :
Plus de mouton du tout.

une **bousculade** (p. 25) :
Les moutons se poussent les uns les autres.

des **boyaux** (p. 15) *(boi-io)* :
Les intestins. Ils sont dans le ventre.

un **caleçon** (p. 15) :
Culotte à jambes courtes ou longues pour un homme.

un **chevalier** (p. 15) :
Un seigneur important, autrefois.

il **chuchota** (p. 19) :
Il dit à voix basse.

être **désolé** (p. 13) :
Avoir l'air triste parce qu'on regrette.

un **gobelet** (p. 9) :
Sorte de verre pour boire, en métal (autrefois) ou en plastique (de nos jours).

ignorant (p. 15) :
Celui qui ne sait rien.

il m'a **insulté** (p. 27) :
Il a dit des choses méchantes à Panurge.

une **lueur** (p. 17) :
Une petite lumière.

on **obligea** (p. 11) :
On a forcé Dindenault et Panurge.

pas **ordinaires** (p. 13) :
Pas comme les autres moutons.

le **patron** du navire (p. 11) :
Le navire est à lui et il le commande.

il **poursuivit** (p. 15) :
Il continua à parler.

prouver mon amitié (p. 13) :
Montrer que vous êtes mon ami.

rancunier (p. 11) :
Panurge n'oublie pas ce qu'on lui a fait.

Les 7 différences

Trouve 7 différences entre les deux images.

Solutions

Tu es un super-lecteur si tu as trouvé ces 10 bonnes réponses aux questions des pages illustrées :

2, 5, 10, 11, 15, 18, 23, 26, 30, 33

Solutions du jeu des 7 différences

1. balustrade plus courte

2. tonneau supprimé

3. boutons supprimés

4. mouton ajouté

5. chapeau change

6. cordelière raccourcie

7. plume du chapeau supprimé